艺术笃行

韩添任作品集

YISHU DUXING
HANTIANREN ZUOPINJI

四川出版集团　四川美术出版社

韩添任　1968年生。中国雕塑学会会员、中国工艺美术学会会员、中国陶瓷协会会员。2006年获得美国杰出人才绿卡，居美国纽约期间，研究美国当代艺术现象。先后考察了哈佛大学、耶鲁大学、麻省理工学院、宾西法尼亚大学、旧金山艺术大学、万佛圣城及法界大学、纽约大都会博物馆、MOMA现代艺术馆、PS1美术馆、古根汉姆美术馆、纽约设计博物馆、华盛顿国家美术馆以及重要画廊。2002年应澳洲陶艺组委会邀请，参加第二十一届黄金海岸世界陶艺大赛。作品《太极·圆·声》荣获本届陶艺大赛金奖并被澳大利亚国家美术馆永久收藏。参观考察墨尔本国家美术馆、悉尼现代博物馆、黄金海岸美术馆。曾游学日本，对现代视觉材料语言及陶瓷材料艺术表现研究。曾就读中央美院雕塑公共空间艺术方向。其作品荣获多项国内外大奖，收藏于澳大利亚、美国、瑞典、日本、韩国以及中国香港、台湾等地。多年往来于中美及世界各地。用人生足迹感悟艺术世界。

为韩添任先生作品集代序数言是件光荣而快乐的事，同时又充满了忐忑。

光荣和快乐不必说！

展卷品读韩添任先生的作品，即使只是付诸纸页而非直面原作，才华和激情都扑面而来，仿佛喷薄可触。恨不能流连在他那墨写泥塑的风云之际，融化在他那刀笔合成的春秋之间。

但忐忑却也当然！

为韩添任先生序，所以忐忑，是因为关于这个人和他丰富而盛大的艺术成果，我的任何语言都可能显得苍白。

韩添任先生的艺术道路是幽邃的。这幽邃来源于他对艺术光芒坚定的追逐，来源于对艺术真髓的啼血追问，来源于对艺术理念超慧的理解与不依不饶的呵护和坚守！只有这种呵护和坚守才无愧于天赋大才，只有这种呵护和坚守才能滋养自己的艺术品质，也唯有这种呵护和坚守才能为自己的灵魂引擎注入无限的才情和激情。也许有人会说，哪一位艺术大师的艺术道路不是幽邃的呢？是的，任何一位古今中外艺术的大成者无不是在一条幽邃的艺术道路上的笃行人。也正因为此，大师和大家在每一个年代都廖若星辰。尤其在当今的年代，在一个各种诱惑的眩光点亮了所有艺术通道，各种功利的浮华掩盖着艺术路标的年代，选择寂寥甚至清冷，选择艺术人格的高贵，选择做自己灵魂的最坚定的对话者，是何其的艰难！韩添任是这样做的，而且这样笃行着。我即使不能就此结论韩添任先生已经成就为艺术大师，我知道他还有很悠长的路要走，他正值人生中年和艺术旺年，但我至少可以说，他心中已有一个留痕岁月照亮经久的精神灯塔！

韩添任先生的艺术领域是辽阔的，几乎涉及视觉艺术的各个领域。从陶艺而雕塑，而环境艺术，而水墨、而油画、而版画，你不由得惊叹，这个人的才思是何等的丰沛！这个人的激情是那样的奔流如洪！如果你对这个人的人生历程稍有了解的话，你也许会停止惊叹，进而转入一个深重而严肃的思考。韩添任先生祖籍东北，长在新疆，曾受教于中央美院，曾游学日本，后获得美国杰出人才绿卡，居住纽

约，曾多年往来中美之间及世界各地。他的艺术是在中国文化大背景下而求道于日本、美国、澳大利亚、欧洲、非洲及东南亚各国，韩添任先生在用人生足迹抚摸世界。在与添任促膝共茶时，我总能从他那仿佛可以穿透一切的目光和他那足以沟通和抵达所有的话语中，感受到一种无限的辽阔！我并由此坚信，是眼界和步履的辽阔养育了他灵魂的辽阔。

辽阔的艺术领域更源于他的艺术探求直指艺术内核。他常说"在拘于一隅的材料、题材、方法、手段上的用功，会成为艺术的法障，重要的不是作品，是一切。包括人自身与心念，甚至气味，都是对象和材料，其中以人的心性为至贵"。在他眼里，真正的艺术没有类别、材料之分，他所作的种种实验也决不是手段和技术上的探索。他关注的是艺术给人的精神空间能否提供更多的可能性，再将可能性赋予艺术心性上的呈现，韩先生常说："艺术是矫正人生的过程"。至于在哪一个领域中恣意纵情只是机缘与兴趣的事情。韩添任先生的作品是实验性的，同时也是学术性的，是种种可能性的挖掘与释放。作品是真情的、深邃的，阅读他的作品是酣畅的、开慧的。他说这个世界没有人会叫我的眼睛一亮，只有我会叫我眼睛一亮。认识自我心性，即呈现自我心性是最为重要的。

　　韩添任先生的艺术探求与人生追求是共呼吸的。艺术的独特是他独特人生的缩影。对于他，艺术是其生命，比生命更重要的是超越生命的智慧。因此他说："艺术还原了自我的情境，艺术是认识自我心性的过程。"也因此，他对各种材料属性的掌握，对各种艺术类别的涉足最终都回归到对人的属性，对自我心性认知的目的上来。这样的胸襟和抱负融进作品，才有作品中超越于一切羁绊的述说，才使有缘看到这本作品集的读者，有幸欣赏到丰富而震撼人心的作品，同时透过作品感受他敏锐的心灵和高贵的生命轨迹。

　　一个拥有辽阔灵魂的人，他的胸襟才能海纳百川，他的情怀才能磅礴恢宏。这样的人是你的朋友，你应因之而感恩缘分，这样的人是你的老师，你更当珍惜幸运。即使你至今还无缘面识和走近他的生命空间，但一旦他把自己的生命溶解在自己的艺术中，他和你已经不再陌生。韩添任先生是我的朋友，我更愿意说他正在努力成为艺术世界共同的朋友。

　　笃行幽邃的艺术之路，拥有一颗辽阔而饱含激情的心，这样的艺术家、艺术教育家总是值得期待的。

　　当然，这期待不只是我的，更是世界的，艺术史册的！

艾　尔　2010年8月于湖南雁城

目
录

雕塑·陶艺

自塑像 铜雕 87cm x 55cm 江苏 1997 年

——造型能力的强弱就是自我心性呈现的能力

——掌握材料属性不如掌握人的属性，掌握人的
  属性不如掌握自我属性

——艺术的健康是性、魂、体的统一

——感觉永远是绘画的智慧

——想象比认识更重要

——艺术是认识自我心性的过程

《太极·圆·声》 红陶 1180℃
210cm x 210cm　澳洲　2002 年
第二十一届澳大利亚黄金海岸陶艺大赛金奖
（澳大利亚黄金海岸美术馆收藏）

背·面　1180℃　红陶　56cm×44cm　江苏　1998年

景·瓶　紫砂　68cm x 58cm　江苏　1998 年

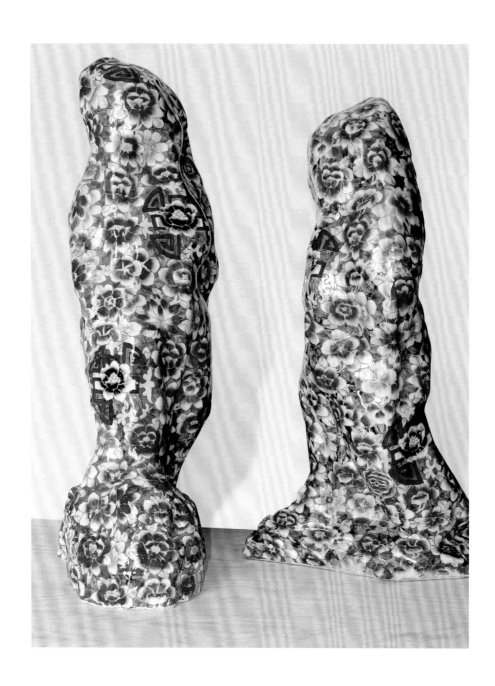

自然·彩装·对话　1350℃　高岭土　右　58cm x 26cm　左　65cm x 28cm　景德镇　2003 年

蚀　1180℃　紫砂　68cm x 58cm　江苏　2000 年

十二孔生命　1170℃　紫砂　88cm x 87cm　江苏　2003 年

空　间　紫砂　1220℃　51cm x 18cm　江苏　2002 年

蚀　1170℃　紫砂　54cm x 19cm　江苏　2000 年

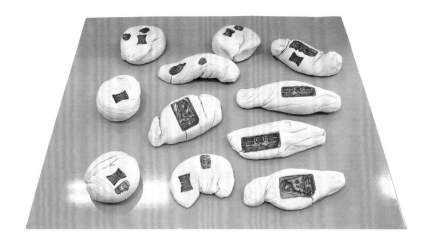

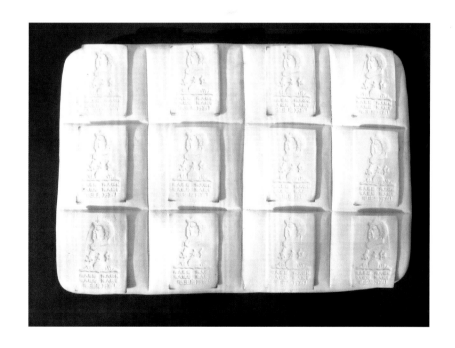

印迹 03-1　高岭土　1350℃　37cm x 18cm　　景德镇　2003 年
印迹 03-2　高岭土　1350℃　56cm x 45cm　　景德镇　2003 年

凝　1210℃　紫砂施釉　33cm x 22cm　江苏　1999 年

心　游　1180℃　紫砂　54cm x 19cm　江苏　1999 年

☯ 版画

衍　生　铜版　16cm×16cm　大理　2009 年

——重要的不是作品

——万法归宗

——得意忘形

——表真显法

——艺术是矫正人生的过程

——创造力必须建立在修养上

——绘画将还原我的清净心

自画像　铜版　16cm x 15cm　大理　2009 年

广西·巴马风景 01　　铜版　16cm x 16cm　2009 年

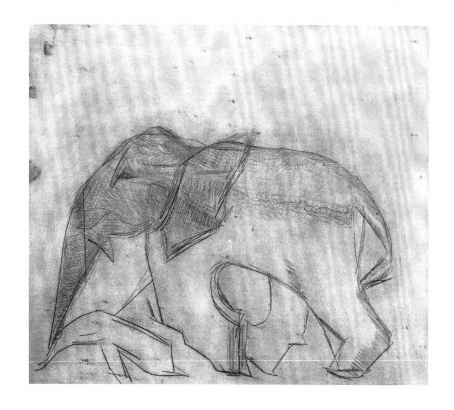

丽江·四方街　铜版　16cm x 16cm　大理　2009 年
木雕·母子跑象　铜版　16cm x 16cm　大理　2009 年

广西·巴马风景 02　铜版　16cm x 16cm　2009 年

艾尔 04　铜版　16cm x 15cm　大理　2009 年

艾尔05　铜版　16cm x 15cm　大理　2009年

艾尔 01　铜版　16cm x 15cm　大理　2009 年

艾尔 02　铜版　16cm x 15cm　大理　2009 年

艾尔 03　铜版　16cm x 15cm　大理　2009 年

油画·油画棒·水彩

纽约光动　油画棒　30cm x 23cm　纽约　2008 年

——生命的最终目标是行动而非设立目标

——教育应当是把心量小的人如何变成心量大的人

——没有伟大的题材，只有伟大的思想

——忘形物象，超然物外

——灵感源于思想的频率

追 · 绿　油画　79cm x 70cm　大理　2009 年

晨 吸 油画棒 44cm x 36cm 纽约 2008 年

卉 景　油画棒　30cm x 23cm　纽约　2008 年

机械状态　油画棒　30cm x 23cm　纽约　2008 年

自画像 油画棒 30cm x 23cm 纽约 2008 年

倒置异相　油画棒　30cm x 23cm　纽约　2008 年

红色域景　油画棒　30cm x 23cm　纽约　2008 年

散乱·五官　油画棒　30cm x 23cm　纽约　2008 年

丑・牛　油画棒　30cm x 23cm　纽约　2008 年

新说修复　油画棒　摄影图片　纽约　2008 年

SMOKY EYES IN A SNAP

"Smoky eyes are so easy to create, and they really stand out in dim evening lighting," says makeup artist Pat McGrath. Use a creamy black pencil to rim the upper and lower lids, being sure to press its tip gently into your lashes. Then tap—don't rub—over the line to smooth it outward and soften it. For a really dramatic effect (we're talking rock star), trace over the pencil with black powder shadow.

172

SCALPEL NEWS
By Joan Kron

Longer Relaxer

A new alternative to Botox injections for vertical frown lines between the eyebrows may have a longer-lasting effect. Glabellar furrow relaxation (GFX) directs radio-frequency energy at nerves connected to forehead muscles to keep the muscles and skin from creasing. After administering local anesthesia, the doctor inserts a penlike device under the skin around the temple. Unlike Botox shots, which may take a few days to work, GFX relaxes the frown muscles immediately (and appears to lift the brow slightly). "I have been impressed with the short-term results. We do not have the long-term data yet," says David Reize, a plastic surgeon in Englewood, Colorado, who has tested the FDA-approved device. In trials being conducted to establish the duration of the cosmetic effect, GFX so far has lasted for at least 12 months (as opposed to four months for Botox). GFX costs $1,000 to $3,000 per treatment, whereas Botox is about $400 to $800.

Painkilling Peel

Anesthetic creams applied before injections and lasers may numb the pain, but they're messy. A new paste, Pliaglis, containing the painkillers lidocaine and tetracaine, goes on like a cream but firms into a rubbery mask that can be peeled off before the treatment. A clinical trial has shown that "it is a superior anesthetic," says Tina Alster, director of the Washington Institute of Dermatologic Laser Surgery in Washington, D.C. She found Pliaglis to be twice as effective as a placebo in pain relief for three different 20- to 30-minute procedures (some lasers and filler injections) and one third more effective for tattoo removal. The numbing lasted up to 13 hours. Potential side effects are temporary redness, discoloration, or swelling, Alster says, and allergic reactions are possible, though rare.

For the latest on cosmetic treatments, visit allure.com/go/scalpelnews.

Breast Check

Breast implants are not lifetime devices; as research has shown, they often have to be replaced. Because there is conflicting data on implants' longevity, a group of British physicians offered free MRIs to 149 patients. All the women had textured, round silicone-filled implants of similar construction to currently available implants. The scans showed that about 15 percent of the implants had ruptured without the patients' knowledge. Statistical analysis indicated that such ruptures are most likely to begin when the implants are six to seven years old, and that by the thirteenth year, 11.8 percent of them have tears or leaks from no apparent cause. (The study was limited to 13.5 years.) Though it can't be assumed that this is true for all implant types, it is a guideline to gauge the risk. Lead study author Nick Collis, consultant plastic surgeon at Royal Victoria Infirmary in England, adds that the affected patients had no symptoms (such as soreness, hardness, lumps, or change to breast shape or size), and that asymptomatic ruptured implants "do not necessarily need replacing."

Allure/March 2008

自画像　油画棒　30cm x 23cm　纽约　2008 年

自画像　油画棒　30cm x 23cm　纽约　2008 年　左

人物景态二　油画棒　30cm x 23cm　纽约　2008 年　右

人物景态一　油画棒－30cm x 23cm　纽约　2008 年

蓝色对视　彩色水笔　30cm x 23cm　北京　2005 年

林　中　油画棒　30cm x 23cm　纽约　2008 年

仰者·梁漱溟　油画棒　30cm x 23cm　纽约　2008 年

食 者 油画棒 30cm x 23cm 纽约 2008 年

红相浮尘　油画棒　30cm x 23cm　纽约　2008 年

牛首人　油画棒　30cm x 23cm　纽约　2008 年

自画像　油画棒　30cm x 23cm　纽约　2008 年

黑面对话　油画棒　圆珠笔　30cm x 23cm　纽约　2008 年

日本相女　水彩　26cm x 19cm　日本　1995 年

源·谨·父　油画棒　30cm x 23cm　纽约　2008 年

礁　首　油画棒　43cm x 36cm　纽约　2008 年

移动的脸　油画棒　30cm x 23cm　纽约　2008 年

自画像　油画棒　30cm x 23cm　纽约　2008 年

倒置后状态　　油画棒　　30cm x 23cm　　纽约　　2008 年

墨西哥男子　　彩色水笔　　30cm x 23cm　　纽约　　2008 年

暮　年　油画棒　30cm×23cm　纽约　2008 年

人物系列　油画棒　30cm x 23cm　纽约　2008 年

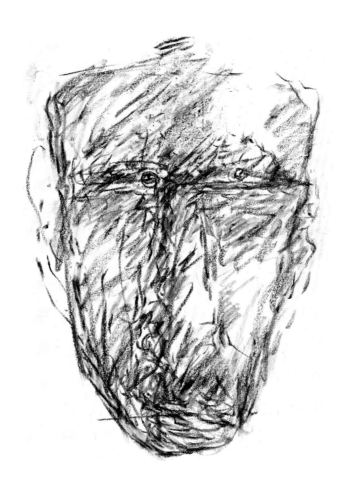

梯形人 油画棒 30cm x 23cm 纽约 2008 年

蓝色幕景　油画棒　30cm x 23cm　纽约　2008 年

飘　尘　油画棒　30cm x 23cm　纽约　2008 年

自画像　油画棒　30cm x 23cm　纽约　2008 年

纽约 V 型男子 油画棒 30cm x 23cm 纽约 2008 年

红绿语思　油画棒　30cm x 23cm　纽约　2008 年

息 · 惜　油画棒　30cm x 23cm　纽约　2008 年

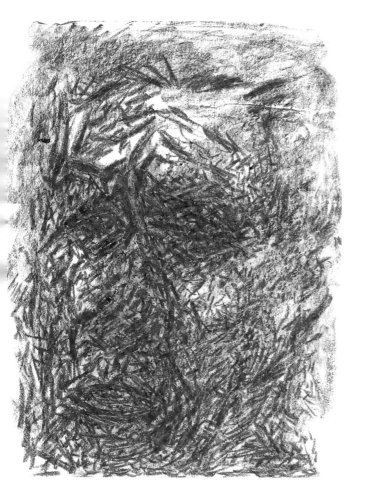

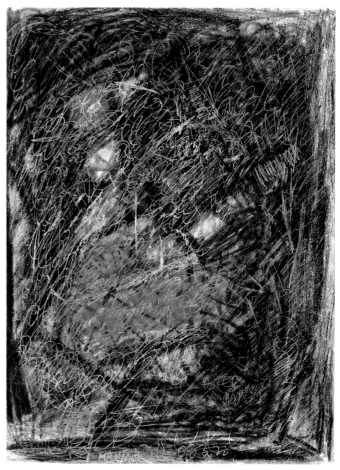

地上土　油画棒　30cm x 23cm　纽约　2008 年　左
彩·蚀　油画棒　30cm x 23cm　纽约　2008 年　右

移居 06 情态 布面油画 80cm x 60cm 大理 2006 年

色彩克隆时期　高丽宣纸　100cm x 100cm　大理　2005 年

描·红　高丽纸　100cm x 100cm　大理　2005 年

红黄阐述　布面油画　65cm x 51cm　大理　2006 年

形迹时代　高丽纸　100cm x 100cm　大理　2005 年

第三种境态　油画　90cm x 70cm　大理　2009 年

生命源起之想　　油彩、丙烯、沙、蜡合成材料　110cm x 80cm　大理　2008 年

境　态　油画　90cm x 70cm　大理　2009 年

H 形　油画棒　30cm x 23cm　纽约　2008 年

水墨

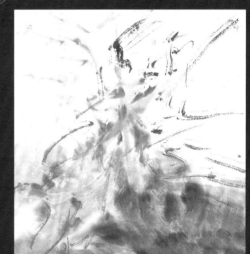

空时显相　水墨　18cm x 17cm　成都　2009 年

——水墨实验决不是手段和技术上的探索

——水墨必须由心性呈现

——形式会变成法障

——让无意识的行为带动思考

——正心、正想

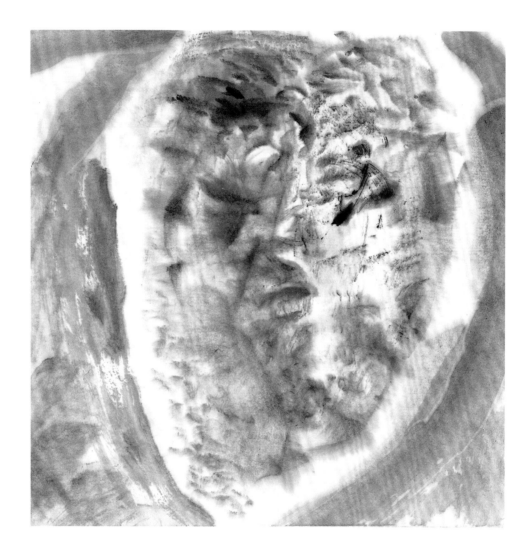

旧金山圣城　水墨　19cm x 17cm　旧金山　2009 年

旧金山景外之景　水墨　24cm x 17cm　旧金山　2009 年

L 型男者　水墨　19cm x 17cm　成都　2010 年
华者忆思　水墨　25cm x 17cm　成都　2010 年

纽约夜景飞雪　水墨　19cm x 17cm　纽约　2009 年

纽约空景　水墨　18cm x 17cm　纽约　2009 年

生长时节　水墨　25cm×17cm　成都　2010 年

忆鲁迅　水墨　25cm x 17cm　成都　2010 年

艺者像　水墨　19cm x 18cm　成都　2010 年
幻·思　水墨　25cm x 17cm　成都　2010 年

午 后　水墨　20cm x 19cm　成都　2010 年

高发髻　水墨　25cm x 17cm　成都　2009 年

翘嘴男子　水墨　25cm x 17cm　成都　2010 年

水晶球　水墨　20cm x 17cm　成都　2010 年

会说话的椅子　水墨　19cm x 17cm　成都　2010 年

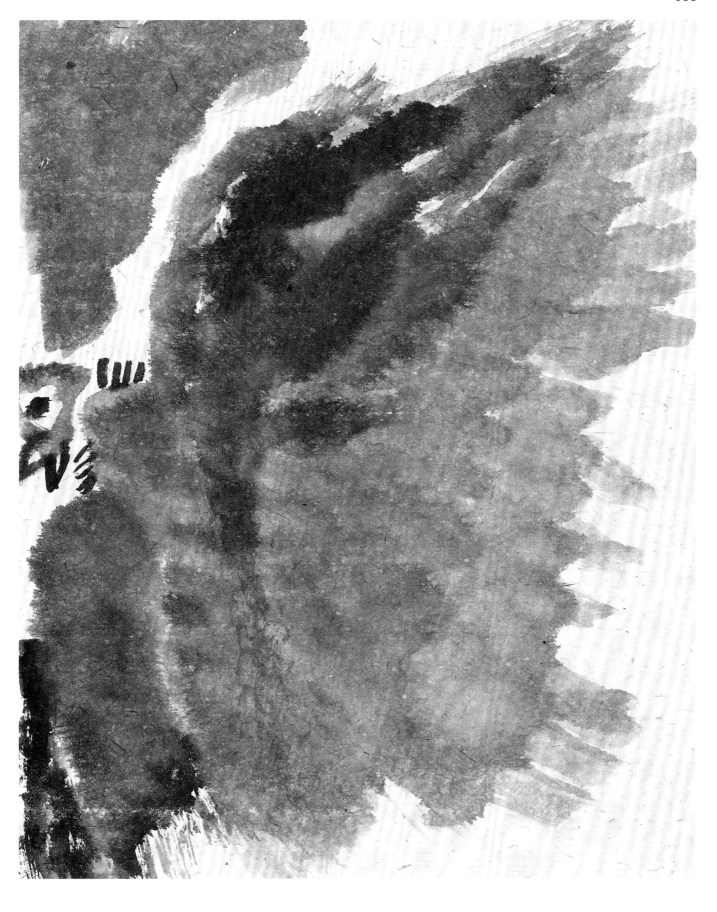

浮　鷹　水墨　24cm x 20cm　成都　2010 年

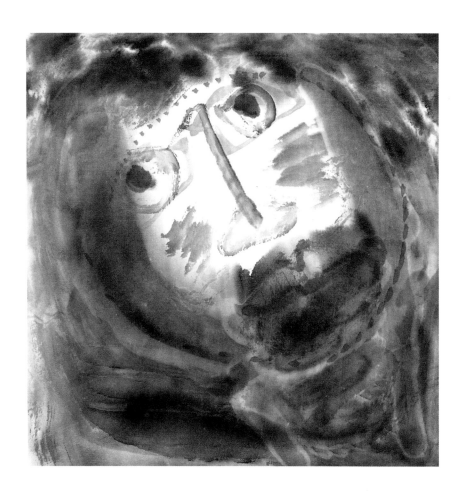

睡・思　水墨　19cm×18cm　成都　2010 年
四十女相　水墨　20cm×19cm　成都　2010 年

美国·罗伊娜·里德 水墨 17cm x 16cm 成都 2010 年

倾斜的小树　水墨　19cm x 18cm　成都　2010 年

状　态　水墨　48cm x 27cm　大理　2008 年

符　水墨　25cm x 17cm　成都　2010 年

大眼睛男者　水墨　25cm x 17cm　成都　2010 年

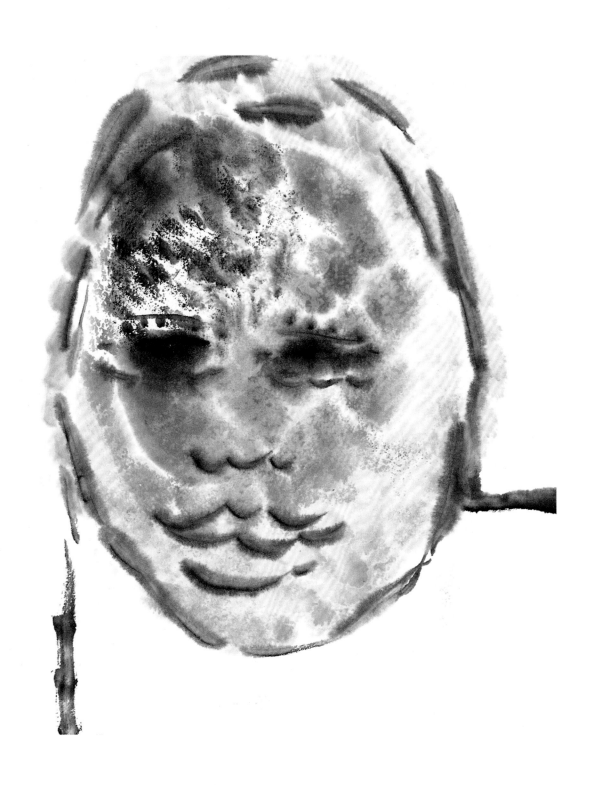

高僧德行　水墨　19cm x 17cm　成都　2009 年

带眼镜的男子　水墨　25cm x 17cm　成都　2010 年

电视主持人　水墨　20cm x 19cm　成都　2010 年　左上
意象水墨系列　水墨　17cm x 16cm　成都　2009 年　左下
意象水墨系列　水墨　25cm x 17cm　成都　2009 年　右上
意象水墨系列　水墨　25cm x 17cm　成都　2009 年　右下

倾斜男人　水墨　24cm×17cm　成都　2009 年

存道之人　水墨　19cm x 17cm　成都　2010 年

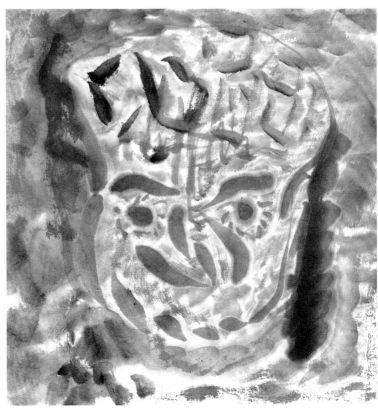

知行圣者　水墨　25cm×17cm　成都　2009年
饰　面　水墨　17cm×17cm　成都　2009年

尽　意　水墨　25cm x 17cm　成都　2010 年

殇　水墨　19cm x 18cm　成都　2010 年

睁一只眼　水墨　20cm x 18cm　成都　2009 年

观　望　水墨　19cm x 18cm　成都　2010 年

蛇与餐桌　水墨　17cm x 17cm　成都　2009 年

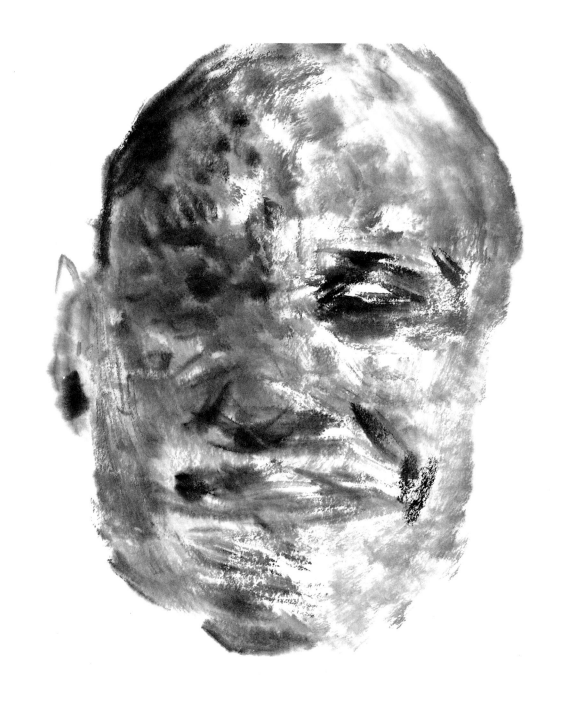

南亚修圣　水墨　20cm x 18cm　成都　2010 年

清　眼　水墨　17cm x 17cm　成都　2009 年　左上
六　旬　水墨　20cm x 19cm　成都　2009 年　右上
生命源　水墨　18cm x 17cm　成都　2010 年

头像风景　水墨　20cm x 19cm　成都　2010 年

隐　者　水墨　19cm x 17cm　成都　2009 年

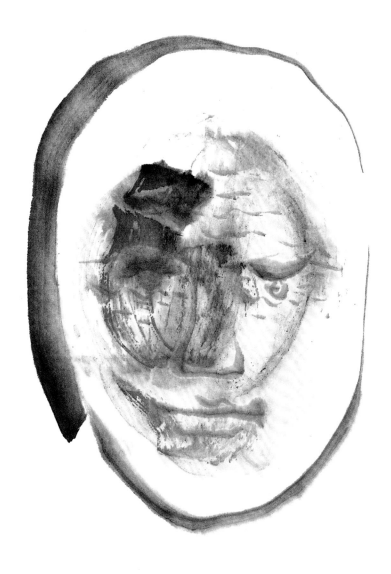

恒　修　　水墨　19cm x 17cm　纽约　2010 年

2006 中东　水墨　25cm x 17cm　成都　2006 年

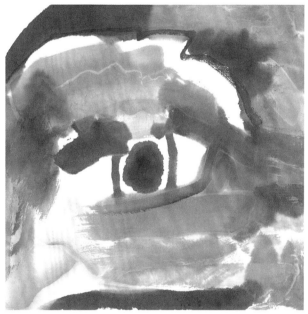

幽　独　水墨　18cm × 17cm　成都　2009 年
梦　水墨　18cm × 17cm　成都　2009 年
晨　水墨　17cm × 16cm　成都　2009 年

羞 女　水墨　20cm x 19cm　成都　2010 年

草　植　水墨　17cm x 17cm　成都　2009 年

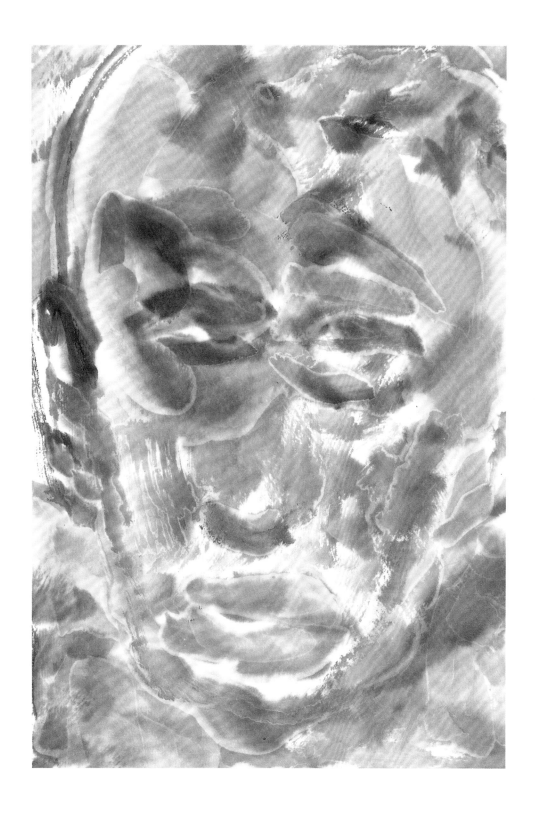

谛闲圣者　水墨　25cm x 17cm　成都　2010 年

印度修者　水墨　20cm x 18cm　成都　2010 年

趣　童　水墨　17cm x 17cm　成都　2010 年　左上
面　相　水墨　17cm x 17cm　成都　2010 年　左下
一种姿态　水墨　17cm x 17cm　成都　2009 年　右上
yoyo　水墨　19cm x 17cm　成都　2009 年　右下

同体修性　水墨　19cm x 17cm　成都　2010 年

后表象　水墨　110cm x 80cm　大理　2005 年

宠物龟　水墨　18cm x 18cm　成都　2010 年

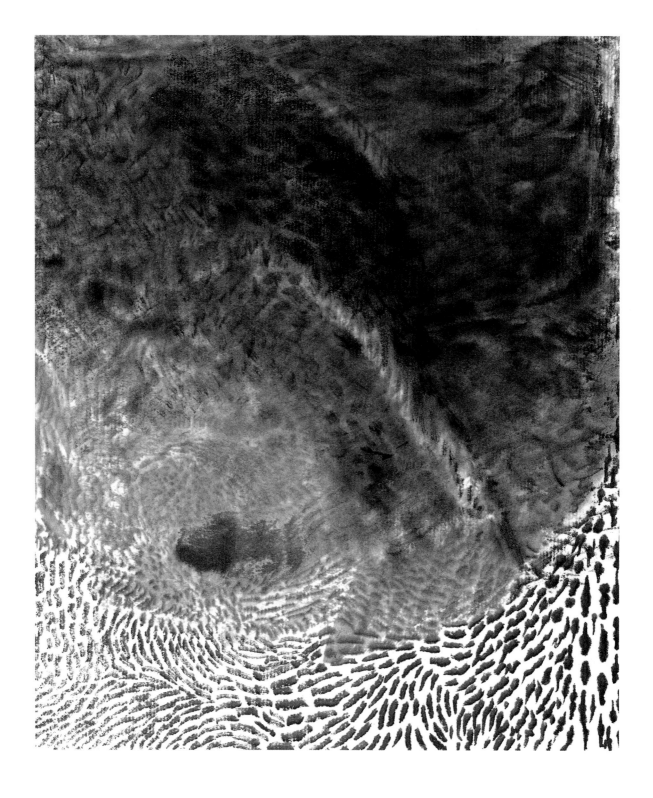

漩　水墨　21cm x 18cm　成都　2009 年

西瓜和筷子　水墨　18cm x 18cm　成都　2010 年

心动与节奏　水墨　25cm x 18cm　成都　2010 年

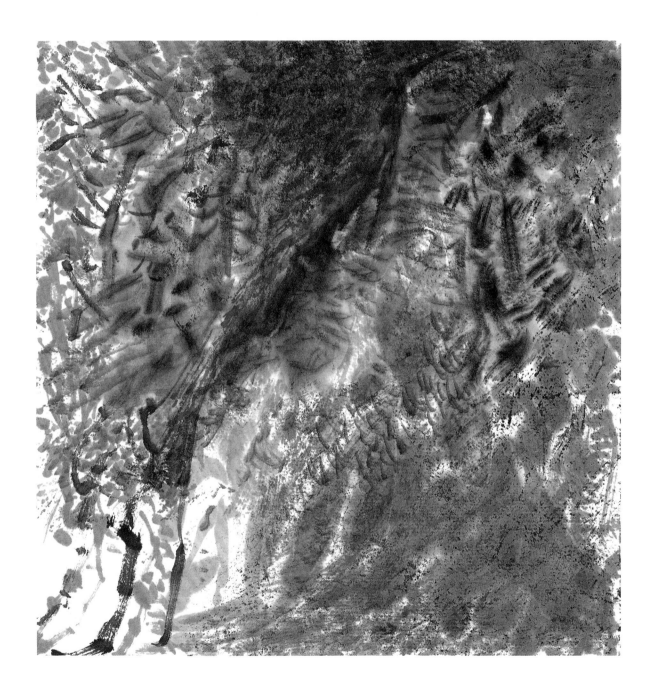

生态舒　水墨　17cm x 17cm　成都　2010 年

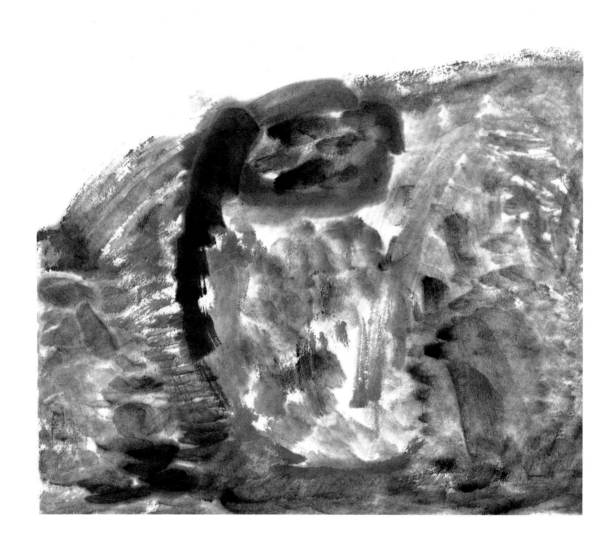

三分之一　水墨　19cm x 17cm　成都　2010 年

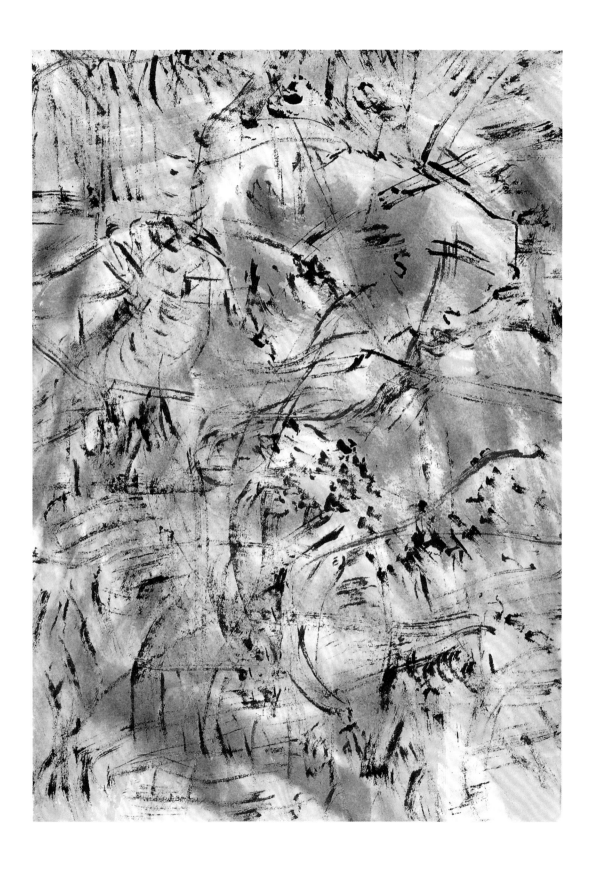

宜景·移景·忘景　水墨　25cm x 18cm　成都　2010 年
（刘悦兄合作）

尽山水　水墨　19cm x 18cm　成都　2010 年

贯　水墨　19cm x 17cm　成都　2010 年

空　欲　水墨　19cm x 17cm　成都　2010 年

俯瞰旧金山　水墨　17cm x 16cm　旧金山　2009 年

意象别趣系列　水墨　25cm x 17cm　成都　2010 年
意象别趣系列　水墨　25cm x 17cm　成都　2010 年

凝 升　水墨　19cm x 17cm　成都　2010 年

离圆指向　水墨　20cm x 17cm　成都　2010 年
镜　牛　水墨　19cm x 18cm　成都　2010 年

戏 溪 水墨 18cm x 16cm 成都 2010 年

意象风景系列　水墨　29cm x 17cm　成都　2010 年

意象风景系列　水墨　18cm x 17cm　成都　2010 年

赋　生　水墨　20cm x 18cm　成都　2009 年

秋　质　水墨　17.1cm x 16.8cm　成都　2010 年

意象风景系列　水墨　25cm x 17cm　成都　2010 年

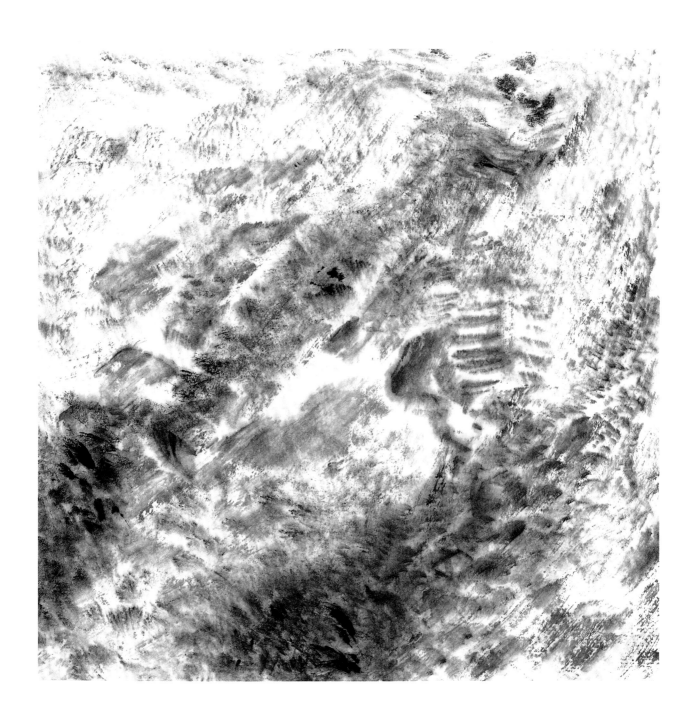

旧金山圣城善裝　水墨　18cm x 17cm　旧金山　2010 年

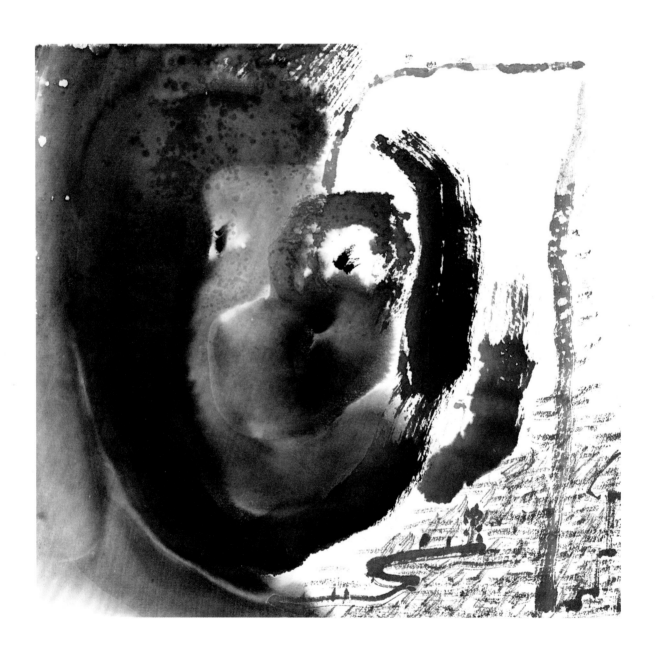

道妙暗合　水墨　20cm x 19cm　成都　2009 年

旧金山圣城情怀　水墨　27cm x 17cm　旧金山　2009 年

土生金　水墨　25cm x 17cm　成都　2010
清　泉　水墨　19cm x 17cm　成都　2010 年

适　者　水墨　17cm×17cm　成都　2009年

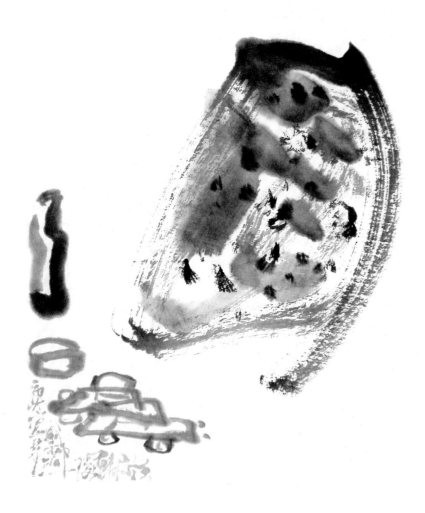

西瓜与小汽车　水墨　17cm x 16cm　成都　2009 年

素描

自画像 毛笔 35cm x 24cm 日本 1995 年

——如果只描绘眼前看到的，那将是最大的痛苦

——我可以给世界一个定义

——不要指望这个世界会叫我眼睛一亮，只有我
  会叫我眼睛一亮

——艺术决不是用习惯成为判断的理由

——让每一根线条都灵动起来

草叶女人　铅笔　43cm x 36cm　纽约　2008 年

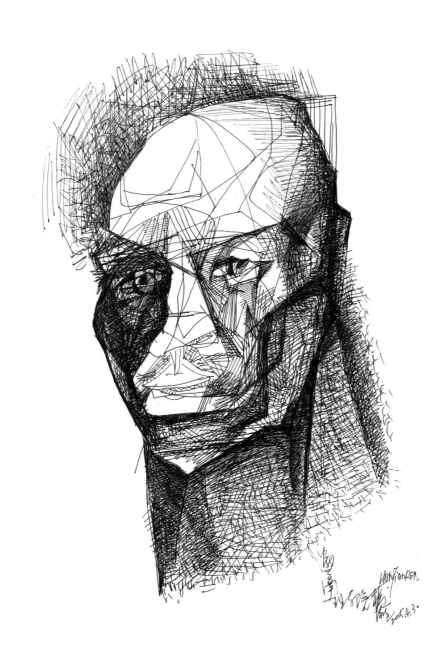

自画像　签字笔　29cm x 20cm　大理　2005 年

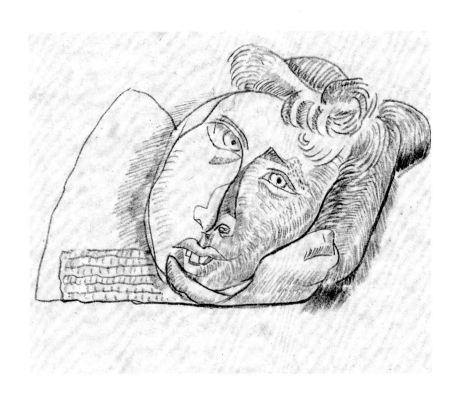

熟 醒 铅笔 21cm x 17cm 辽宁 1991 年

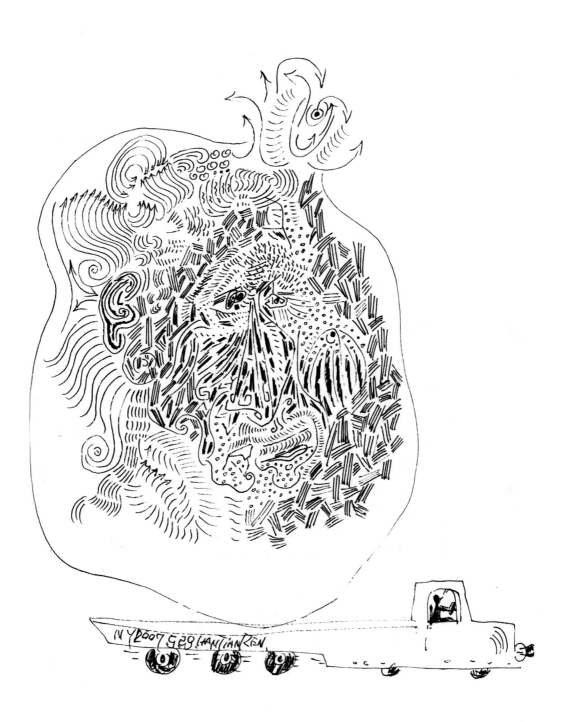

纽约大袋车　签字笔　30cm x 23cm　纽约　2007 年

上　网　水笔　30cm x 23cm　纽约　2008 年

左西指向　签字笔　30cm x 21cm　大理　2005 年

自画像 水墨指画 35cm x 24cm 辽宁 1991年 左
自画像 签字笔 16cm x 14cm 大理 2005年 右

一种样态　油画棒　31cm x 23cm　纽约　2008 年

组合后状态　钢笔　30cm x 20cm　大理　2005 年

1.5.08 LUONG.MU⌒ZEN 魏
博鱼

炙　咫　水笔　19cm x 14cm　纽约　2006 年　左
自画暮年　钢笔　30cm x 20cm　大理　2005 年　右

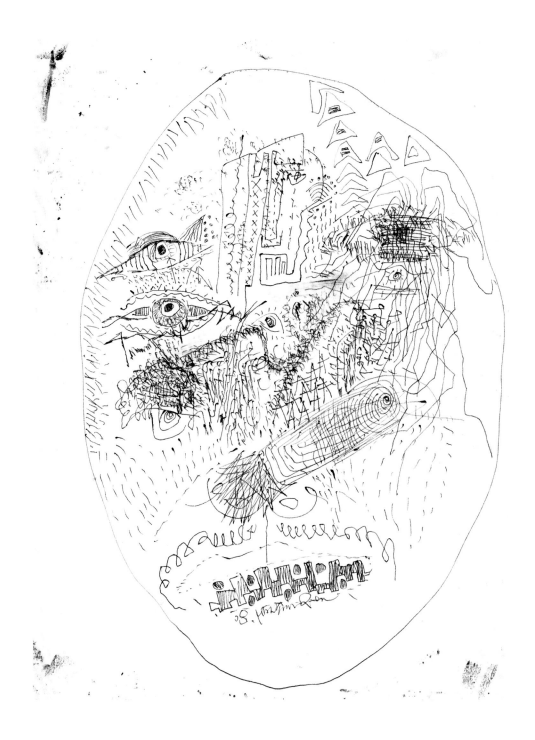

新感知　签字笔　30cm x 23cm　纽约　2007 年

正　侧　铅笔　8cm x 7cm　江苏　1996 年
态　度　铅笔　9cm x 7cm　江苏　1997 年

自画像　钢笔　8cm x 7cm　江苏　1998 年

熊首人面 　签字笔 　31cm x 23cm 　纽约 　2007 年

重复组合　签字笔　8cm x 7cm　成都　2010 年　左上
动之中　钢笔　8cm x 7cm　大理　2005 年　右上
忆时自画　水墨　69cm x 50cm　江苏　1996 年

酒　精　　木炭　110cm x 80cm　大理　2008 年

肖像系列　钢笔　30cm x 20cm　大理　2005 年

黑　白　　钢笔　10cm×8cm　纽约　2007年　左上
一个面　　钢笔　8cm×7cm　江苏　2004年　右上
白人观景　钢笔　10cm×8cm　纽约　2007年　左下
黑人组合　钢笔　10cm×8cm　纽约　2007年　右下

小　像　钢笔　8cm x 7cm　江苏　2003 年

用过的紫砂壶　　钢笔　8cm x 7cm　江苏　2001 年

自画像　木炭　70cm x 48cm　江苏　1997 年

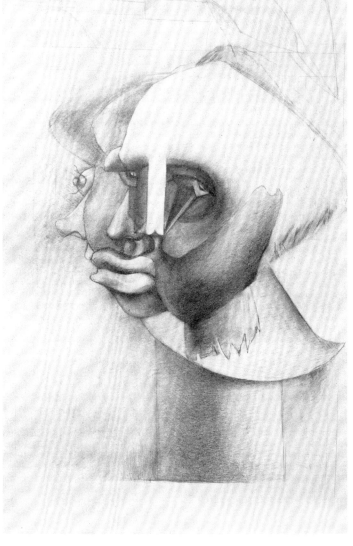

75 度角　铅笔　27cm×19cm　江苏　1998 年　右上
自画像　油画棒　30cm×23cm　纽约　2008 年　左下
圆柱上的两个面　铅笔　55cm×40cm　江苏　1997 年　右下

雕塑前素描表现　钢笔　21cm x 19cm　大理　2005 年

羊　铅笔　23cm x 30cm　纽约　2008 年

雕塑前素描表现　钢笔　8cm x 7cm　大理　2006 年
似　听　钢笔　8cm x 7cm　大理　2004 年
浮　羊　钢笔　8cm x 7cm　江苏　2004 年

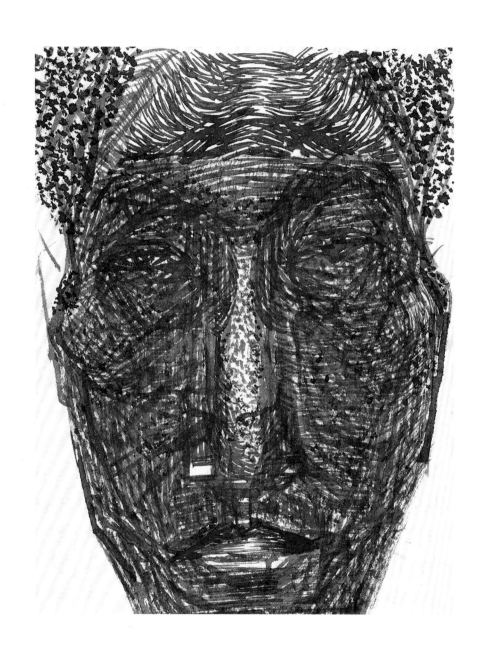

目首自画　毛笔　27cm x 19cm　江苏　1997 年

洱海风景　钢笔　25cm x 19cm　大理　2006 年

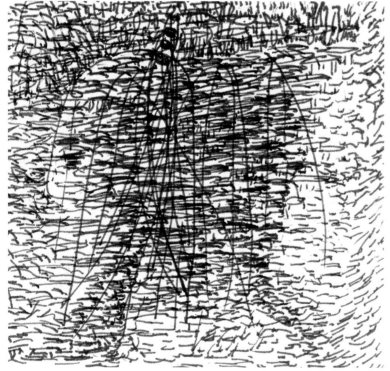

看　水笔　8cm x 7cm　大理　2004 年

水中物性　钢笔　8cm x 7cm　大理　2004 年

保姆老人　钢笔　8cm x 7cm　大理　2004 年
午　夜　钢笔　8cm x 7cm　大理　2004 年

团 听　毛笔　27cm x 17cm　江苏　1997 年

自画像　铅笔　27cm x 19cm　江苏　1997 年

回　头　毛笔　26cm x 17cm　日本　1995 年　左
曾慕女　毛笔　26cm x 17cm　日本　1995 年　右

门　听　毛笔　27cm x 19cm　江苏　1996 年　左
长方形构图　毛笔　27cm x 19cm　日本　1996 年　右

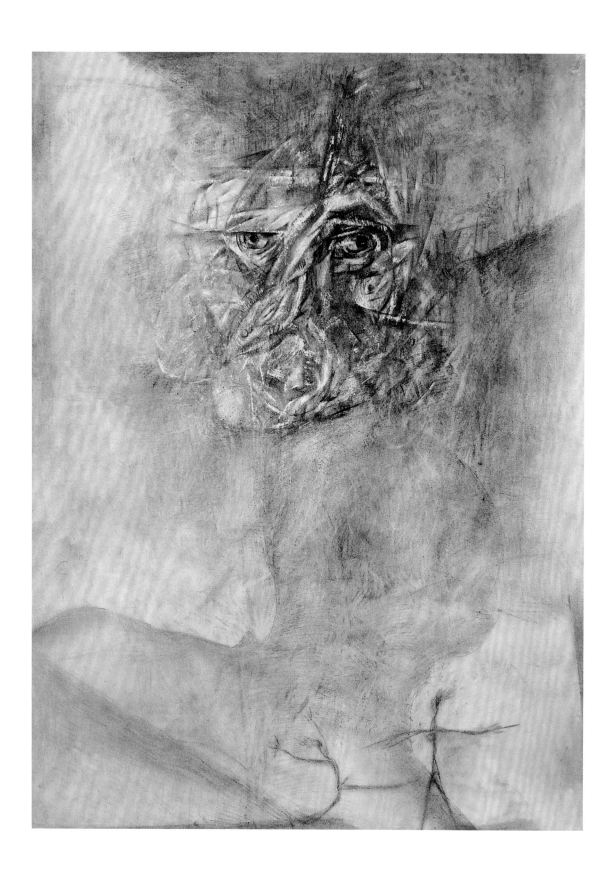

吾者追问 铅笔 110cm x 80cm 大理 2005 年

支　点　毛笔　8cm x 7cm　大理　2006 年
香　蕉　钢笔　8cm x 7cm　大理　2005 年

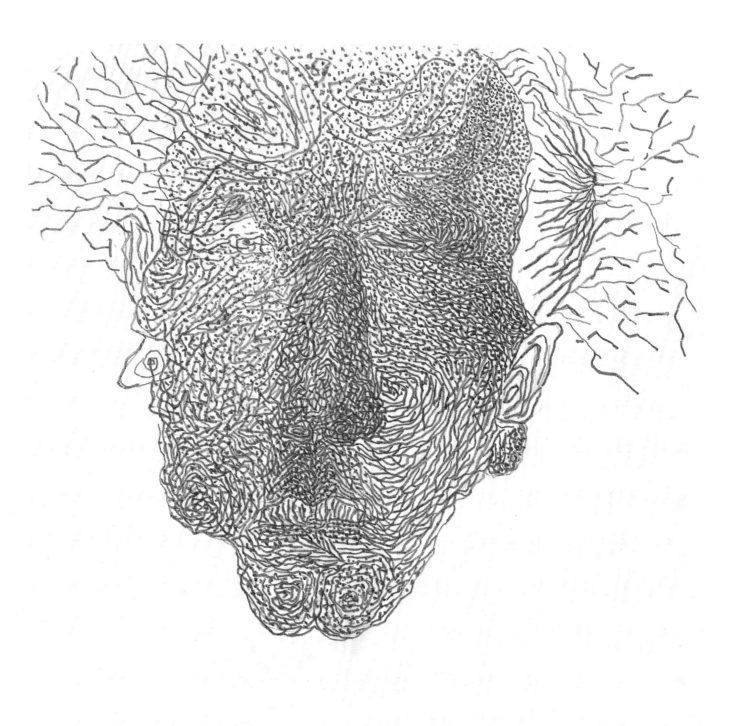

黄土地　铅笔　28cm x 27cm　江苏　1999 年

音符自画　钢笔　25cm × 23cm　江苏　1997 年

图书在版编目（CIP）数据

艺术笃行·韩添任作品集／韩添任著. —成都：
四川美术出版社，2010.9
　　ISBN 978－7－5410－4385－7

Ⅰ.①艺… Ⅱ.①韩… Ⅲ.①艺术—作品综合集—中
国—现代　Ⅳ.①J121

中国版本图书馆 CIP 数据核字(2010) 第 180230 号

艺术笃行·韩添任作品集　　　韩添任 著

责任编辑　张大川　　王富弟
责任校对　曾品艳
出版发行　**四川出版集团·四川美术出版社**
　　　　　成都市三洞桥路 12 号　邮政编码 610031
成品尺寸　**210mm×285mm**
印　　张　11.5
图　　片　229幅
字　　数　30 千字
制　　版　四川省启源制版印务有限公司
印　　刷　四川省印刷制版中心有限公司
版　　次　2010 年 9 月第 1 版
印　　次　2010 年 9 月第 1 次印刷
书　　号　ISBN 978－7－5410－4385－7
定　　价　213.00 元